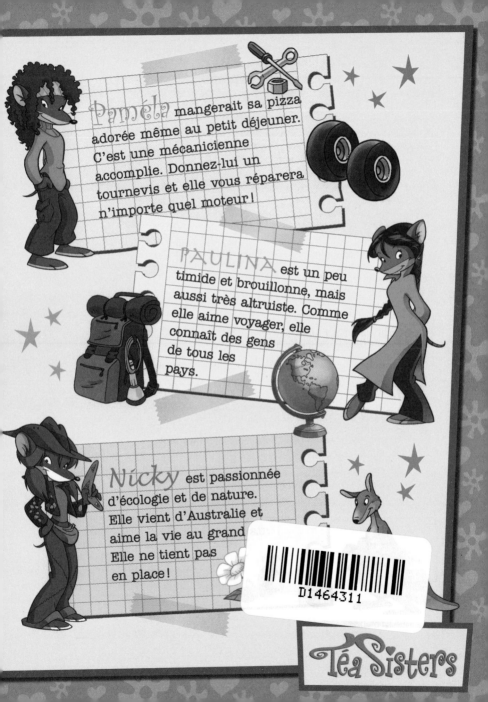

Paméla mangerait sa pizza adorée même au petit déjeuner. C'est une mécanicienne accomplie. Donnez-lui un tournevis et elle vous réparera n'importe quel moteur!

PAULINA est un peu timide et brouillonne, mais aussi très altruiste. Comme elle aime voyager, elle connaît des gens de tous les pays.

Nicky est passionnée d'écologie et de nature. Elle vient d'Australie et aime la vie au grand Elle ne tient pas en place!

D1464311

Téa Sisters

Texte de Téa Stilton.
*Basé sur une idée originale d'*Elisabetta Dami.
*Coordination des textes d'*Alessandra Berello *(Atlantyca S.p.A.)*.
Sujet de Flavia Barelli *(Red Whale)*.
Supervision des textes de Carolina Capria.
Coordination éditoriale de Patrizia Puricelli.
Édition de Daniela Finistauri *avec la collaboration d'*Antonella Lavorato.
Coordination artistique de Flavio Ferron.
Assistance artistique de Tommaso Valsecchi.
Couverture de Giuseppe Facciotto.
Illustrations intérieures de Chiara Balleello *(dessins) et* Francesco Castelli *(couleurs)*.
Graphisme de Chiara Cebraro.
Cartes : Archives Piemme.
Traduction de Béatrice Didiot.

www.geronimostilton.com

Pour l'édition originale :
© 2011, Edizioni Piemme S.p.A. – Corso Como, 15 – 20154 Milan, Italie
sous le titre *Ciak si gira a Topford !*
International rights © Atlantyca S.p.A. – Via Leopardi, 8 – 20123 Milan, Italie
www.atlantyca.com – contact : foreignrights@atlantyca.it
Pour l'édition française :
© 2013, Albin Michel Jeunesse – 22, rue Huyghens, 75014 Paris
www.albin-michel.fr
Loi 49-956 du 16 juillet 1949 sur les publications destinées à la jeunesse
Dépôt légal : premier semestre 2013
Numéro d'édition : 20486/2
Isbn-13 : 978 2 226 24582 3
Imprimé en France par Pollina S.A. en mars 2013 - L64348

Stilton est le nom d'un célèbre fromage anglais. C'est une marque déposée de Stilton Cheese Makers'
Association. Pour plus d'informations, vous pouvez consulter le site www.stiltoncheese.com

Téa Stilton

DEUX STARS AU COLLÈGE

ALBIN MICHEL JEUNESSE

Prêtes pour le départ ?

À peine **LEVÉ**, le soleil caressait déjà l'île des Baleines de ses rayons dorés. Réchauffant l'air vif de la nuit, il dissipait le subtil voile de **BRUME** qui nimbait les toits des maisons comme un **NUAGE** de parfum.

Tandis que le reste de l'île s'éveillait paresseusement, le collège de Raxford était déjà en pleine **effervescence**. Les Téa Sisters finissaient de se préparer dans la chambre de Colette et de Paméla, où régnait un beau désordre : **vêtements** et sacs étaient éparpillés un peu partout.

Pendant que Colette **COIFFAIT** Paulina, Violet

et Paméla choisissaient les habits qu'elles porteraient ce soir-là, et Nicky tentait de comprimer une valise trop **PLEINE**.

– Ils sont parfaits comme ça, déclara Colette en glissant une ultime épingle dans les cheveux de son amie.

– Ce sera une soirée FANTASTIQUE ! s'exclama Nicky en fermant enfin son BAGAGE.

EUHM...

C'EST FAIT !

– Tu peux le dire ! répondit joyeusement Pam.

Pas de doute, les Téa Sisters s'apprêtaient à vivre une expérience de **RÊVE**. En fin de journée, elles partiraient pour Los Angeles, aux États-Unis, afin d'assister à la première MONDIALE de *Lumière d'argent*, le dernier film de Dylan Ratinson, l'acteur le plus célèbre du moment !

Connie, suivie des autres Vanilla Girls, passa la tête dans l'entrebâillement de la porte et demanda :

– Vous êtes prêtes ?

Bouclant la serrure d'une valise **ROSE**, Colette s'écria :

– Oui, nous avons tout ! On peut y aller !

– Coco, c'est ta valise ? Tu n'en emportes qu'**UNE** ? l'interrogea Paulina, étonnée.

– Non, celle-ci ne contient que mes crèmes. Le reste est là, précisa sa camarade en désignant un énOrme coffre au pied de son lit.

Nicky, Pam, Paulina et Violet éclatèrent de RIRE : elles reconnaissaient bien là Colette !

Avant de quitter le collège, les Téa Sisters échangèrent un REGARD complice : chacune était certaine de savoir à quoi pensaient les autres sans avoir besoin de formuler le moindre mot.

En fait, les cinq amies se rappelaient le jour où toute cette AVENTURE avait commencé.

Continuez à lire et… vous découvrirez, à votre tour, toute l'histoire !

QUELQUES MOIS PLUS TÔT...

Cet après-midi-là, dans la chambre de Nicky et de Paulina, les Téa Sisters s'accordaient quelques heures de **DÉTENTE** après les cours.

Violet répétait son violon, remplissant la pièce d'une douce **MÉLODIE**, Colette lisait un livre, Nicky faisait des assouplissements au **SOL** et Paulina configurait son ordinateur portable.

– Quelle belle journée ! Que diriez-vous d'aller faire un *TOUR* au village ? proposa Pam en regardant par la fenêtre.

À ces mots, les autres Téa Sisters prirent un air amusé. Connaissant leur amie, elles savaient

que, quand celle-ci proposait une PROME-
NADE, elle avait un but bien précis.

– Tu dois commander une pièce de RECHANGE
pour ton quatre-quatre ? demanda Nicky.

– Euh… eh bien oui, répondit Pam avec un petit
sourire.

– Moi, je veux bien t'accompagner au *Zanzibazar* ! Je me suis assez exercée pour aujourd'hui,
dit Violet en reposant son **instrument** dans
son étui.

Quelques minutes plus tard, les deux filles
sortirent, mais elles eurent bien du mal à parvenir jusqu'au magasin. En effet, une grande
agitation régnait dans l'île ! Non seulement
le port, habituellement tranquille, regorgeait
de monde, mais les rues étaient en proie à une
étrange confusion. Une fois entrées dans le
Zanzibazar, Violet et Pam eurent la confirma-
tion que les choses ne suivaient pas leur cours

ordinaire : elles n'avaient jamais vu cet endroit aussi **BONDÉ**.

Tamara, la propriétaire, courait, tout essoufflée, à droite et à gauche derrière le comptoir.

– Que se **PASSE**-t-il ici ? l'interrogea Pam. Comment se fait-il qu'il y ait une telle foule **PARTOUT** ?

– Comment ? Vous n'êtes pas prévenues ? s'étonna Tamara en tendant un sachet à un client. Aujourd'hui arrivent enfin sur l'île des Baleines… *LES VERRES* !!!

– Les verres arrivent ?!? répéta Violet, perplexe. Mais enfin, qu'est-ce que ça veut di…

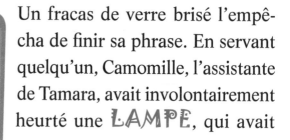

Un fracas de verre brisé l'empêcha de finir sa phrase. En servant quelqu'un, Camomille, l'assistante de Tamara, avait involontairement heurté une LAMPE, qui avait frappé une roue, laquelle était allée percuter une statue, qui s'était abattue sur des verres, qu'elle avait fait éclater en mille morceaux.

– Quand il y a beaucoup d'animation, Camomille redouble de maladresse... conclut Tamara en secouant la tête. Et la pagaille augmentera lorsque le **TOURNAGE** commencera...

– Le tournage ? s'enquit Pam, intriguée.

– Oui, celui de *Lumière d'argent*, le prochain film de Dylan Ratinson et de Kiki Mousart ! intervint la jeune employée.

– Certaines scènes de cette **fiction** se

situeront ici, sur l'île aux... *BOUGIES !!!* Attention !!!

– Oups… murmura Camomille en contemplant les *CHANDELLES* qu'elle venait de faire tomber. La propriétaire soupira, **DÉCOURAGÉE**, puis, se tournant vers Paméla et Violet, leur demanda :

– Vous vouliez quelque chose en particulier ?

– Ne t'inquiète pas, nous reviendrons à un moment plus calme ! s'exclama Paméla.

Le **QUATRE-QUATRE** pouvait attendre. Les deux filles devaient immédiatement annoncer la grande nouvelle à leurs *amies* !

UNE HISTOIRE ROMANTIQUE

De retour à RAXFORD, Violet et Pam s'empressèrent de rapporter aux autres Téa Sisters ce qu'elles avaient **APPRIS**.

– De quel genre de fiction peut-il bien s'agir ? s'interrogea Paulina.

– D'après moi, ce sera un film d'**AVENTURE** : l'île des Baleines offre un cadre parfait pour ça ! intervint Nicky.

– À moins que... ce soit une comédie **musicale** ! hasarda Violet.

Colette interrompit ses amies d'un éclat de rire :

– Mais non ! Ce sera sûrement une comédie *romantique* !

Et d'expliquer :

– *Lumière d'argent* est le troisième 𝗿𝗼𝗺𝗮𝗻 de Mélanie Sourer, qui raconte l'histoire de deux **amoureux**, Victor et Summer. Dans un vieux CHÂTEAU, situé sur une île justement, se déroule l'une des scènes d'amour les plus poignantes du livre : celle où le garçon révèle ses sentiments à sa bien-aimée !

– Comment sais-tu tout ça ? s'étonna Violet.

Colette sourit.

– Parce que la semaine dernière, quand j'étais alitée à cause de ma GRIPPE, j'ai eu le temps de lire un tas de revues !

Les Téa Sisters se mirent à iMAGiNER ce qui se passerait quand arriveraient les deux ACTEURS principaux, à savoir Dylan Ratinson et Kiki Mousart, deux jeunes STARS adorées du public.

– Je me demande comment ils sont en vrai, médita Nicky.

– D'après mes 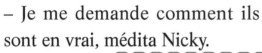, Dylan serait du genre TÉNÉBREUX. Quant à Kiki, elle a plutôt l'air HAUTAINE... commenta Colette.

– Ils ont notre âge, mais ils mènent une vie de

VEDETTES. Lorsqu'ils seront sur l'île, je doute que nous ayons l'occasion de les fréquenter… conclut Nicky.

– C'est vrai. ESPÉRONS quand même que nous réussirons à voir de près comment travaille une équipe de CINÉMA ! observa Pam.

– Et que nous pourrons assister au tournage de quelques scènes ! renchérit Paulina avec envie.

Juste à ce moment, Tanja fit IRRUPTION dans la pièce.

– Les filles, venez vite dans l'amphithéâtre : le recteur va faire une annonce !

UNE ANNONCE
SPÉCIALE

– Aujourd'hui est un jour spécial pour l'île des Baleines, commença Octave Encyclopédique de Ratis. Peut-être certains d'entre vous savent-ils déjà qu'une **IMPORTANTE** équipe de cinéma débarque à Raxford pour tourner une adaptation de *Lumière d'argent*…

De bruyants applaudissements éclatèrent dans le public.

CLAP! CLAP! CLAP!

Le collège comptait de nombreux fans de la saga écrite par Mélanie Sourer, c'est pourquoi la perspective qu'on filme leurs aventures préfé-

rées avec leur île en toile de fond les transportait d'**enthousiasme**.

– E-euhm… je n'ai pas fini, grommela le recteur en tentant de regagner l'**ATTENTION** de l'assistance. Il paraîtrait que l'auteur du roman a situé l'une de ses scènes dans un **CHÂTEAU** inspiré du collège de Raxford.

Une autre **OVATION**, encore plus sonore que la précédente, envahit la salle.

– Ça je l'ignorais ! murmura Colette, assise à côté de ses amies.

– Peut-être étais-tu déjà **GUÉRIE** quand la nouvelle est parue ! la **TAQUINA** Nicky.

Le chef de l'établissement attendit que tous les CHUCHOTEMENTS cessent pour reprendre la PAROLE.

– Je n'ai toujours pas terminé !
Je vous ai convoqués pour
vous dire que le
FILM sera donc
tourné ici même,
au collège, et que
vous aurez la pos-
sibilité d'assister
aux prises !
Tous les élèves

QUELLE NOUVELLE FANTASTIQUE !

WAOUH !

demeurèrent bouche bée après cette précision.
– Maintenant, vous pouvez APPLAUDIR ! ironisa
le recteur.
Une fois sorties de l'amphithéâtre, les Téa
Sisters et leurs *amies* s'arrêtèrent dans

le couloir pour dis-
cuter.
– C'est *incroyable* !
Raxford va se

transformer en plateau de cinéma ! s'extasia Tanja.

– Vous imaginez ? Je vais pouvoir m'adresser à une vraie costumière ! intervint Colette. J'aurai plein de choses à lui demander : comment elle choisit les **TISSUS** et les **COULEURS** pour les costumes, d'où elle tire ses idées pour créer de nouveaux styles, comment...

JE VERRAI TOUS LES COSTUMES DE SCÈNE.

– Stop, Colette ! l'interrompit Violet. Si tu parles aussi **VITE**, tu vas la faire fuir !

Chacune des Téa Sisters songeait à l'**OPPORTUNITÉ** unique que lui offrirait le tournage : Violet s'amuserait à regarder travailler les ingénieurs du **SON**, Paulina profiterait évidemment de l'occasion pour découvrir comment sont réalisés les **EFFETS SPÉCIAUX**, Pam suivrait la construction des DÉCORS... Autant d'expériences fantastiques pour toutes !

Pourtant, la majorité des étudiantes était surtout intéressée par la rencontre avec les deux INTERPRÈTES principaux...

– Vous réalisez ? On va voir Dylan Ratinson ! s'exclama Alicia, tout ÉMUE.

Comme le jeune homme était l'idole de nombreuses filles, la perspective de le connaître leur semblait un RÊVE devenu réalité.

– C'est mon acteur préféré ! déclara Elly. Si je pouvais le croiser, lui demander un autographe et, pourquoi pas... lui parler, ce serait vraiment fabuleux !

Vanilla répliqua d'un ton acide :

– C'est ça ! Si tu crois qu'une STAR comme Dylan Ratinson va perdre son temps à papoter avec l'une de ses quelconques admiratrices...

J'ADORE LES LIVRES DE MÉLANIE SOURER !

Le visage d'Elly arbora une expression dépi-tée, si bien que Pam ne put se retenir de rétor-quer, sur le même ton :
– Moi, en revanche, je suis certaine qu'il sera *fier* de rencontrer ses fans et qu'Elly l'apprécie !
Les Téa Sisters se remirent ensuite à bavarder

avec **ENTRAIN**. Ce jour-là était vraiment trop particulier pour que Vanilla le leur gâche.

TU RÊVES !

Bienvenue au collège !

Au cours des jours suivants, les Téa Sisters ne connurent pas un INSTANT de répit : l'équipe technique de *Lumière d'argent* était déjà arrivée à Raxford et elles ne voulaient rater aucune étape de l'AMÉNAGEMENT du plateau. Le

monde du cinéma étant complexe et FASCINANT, il y avait beaucoup à apprendre !

Finalement, après de longs préparatifs, le tournage pouvait enfin commencer. Il ne manquait plus que...

– *Les acteurs ! Ils atterrissent !* s'écria

Paméla, qui s'était précipitée à l'héliport en compagnie de ses amies et de nombreux autres étudiants.

En fait, le collège au grand complet et quelques journalistes étaient venus ACCUEILLIR les deux interprètes et le metteur en scène. Les enseignants et les élèves étaient impatients de RECEVOIR chaleureusement leurs hôtes *renommés*.

QUELLE ÉMOTION !

L'hélicoptère tant attendu toucha enfin le sol.

Les murmures qui jusque-là se mêlaient au vrombissement des moteurs cessèrent, toute l'assemblée semblant retenir son souffle.

Mais dès que la porte de l'appareil s'ouvrit, laissant apparaître une Kiki Mousart très avenante, un tonnerre d'applaudissements brisa le SILENCE.

– Bienvenue à Raxford ! déclara le recteur en serrant la **MAIN** de la vedette.

Ravie de ce **PLAISANT** accueil, la comédienne sourit, et, après avoir salué les professeurs, s'approcha des étudiants.

QUEL PLAISIR D'ÊTRE ICI !

– **Enfin**, j'avais hâte d'arriver ! s'exclama-t-elle en regardant tout autour d'elle d'un air **ENJOUÉ**.

Les pensionnaires du collège furent stupéfaits du comportement de Kiki : alors que tous s'attendaient à une star **FROIDE** et **DISTANTE**, ils se retrouvaient face à une jeune fille sociable et **gentille**.

Tandis que Kiki parlait avec les garçons et les filles, le metteur en scène sortit de l'hélicoptère

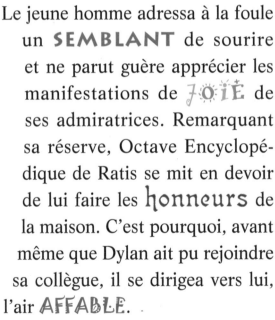

et courut immédiatement étreindre Robert Show, le professeur d'art dramatique de Raxford. En effet, tous deux avaient travaillé ensemble et étaient de grands amis.

Alors que tous étaient absorbés par les présentations et les premiers échanges, un dernier passager descendit de l'appareil : Dylan Ratinson.

MMMH... SALUT !

Le jeune homme adressa à la foule un **SEMBLANT** de sourire et ne parut guère apprécier les manifestations de JOIE de ses admiratrices. Remarquant sa réserve, Octave Encyclopédique de Ratis se mit en devoir de lui faire les honneurs de la maison. C'est pourquoi, avant même que Dylan ait pu rejoindre sa collègue, il se dirigea vers lui, l'air AFFABLE.

Observant la scène, Nicky chuchota :

– Dylan n'a pas l'air très HEUREUX d'être ici.

– Et je ne crois pas que cela s'arrangera quand le recteur commencera à lui raconter l'histoire CENTENAIRE de Raxford ! s'amusa Pam.

UN APRÈS-MIDI DE FÊTE

L'arrivée des deux jeunes acteurs avait répandu, dans tout le collège, une ambiance de FÊTE, et autour de Kiki et Dylan s'était formé un groupe d'étudiants **enthousiastes** et CURIEUX.

Kiki s'était immédiatement révélée une jeune fille exquise, prompte à bavarder et à rire avec chacun. Mais on ne pouvait guère en dire autant de Dylan, qui ne semblait guère **enclin** à sympathiser avec quiconque.

– On pourrait vous emmener faire le TOUR de Raxford ! proposa Paulina.

– Oh, oui ! s'exclama Colette. Quand le soleil

se COUCHE, les jardins baignent dans une LUMIÈRE de rêve.

Mais avant même que Kiki et Dylan aient pu répondre, Vanilla objecta :

– Pourquoi auraient-ils envie de faire une chose aussi ENNUYEUSE ? Ils préféreront certainement se reposer avant la fête de ce soir !

AU CRÉPUSCULE, LE COLLÈGE EST MAGNIFIQUE !

– Quelle FÊTE ? demanda Nicky en fronçant les sourcils.

– Celle que je vais donner en votre *HONNEUR* sur le yacht de ma famille, les de Vissen, expliqua Vanilla à Kiki et Dylan, l'air satisfait. Vous pourrez même y loger pendant votre séjour. Des stars de cinéma comme vous, qui ne fréquentent sûrement que les endroits les plus *confidentiels* et ÉLÉGANTS, manqueront de confort dans les misérables petites chambres du collège !

Les Téa Sisters échangèrent un REGARD

entendu : comme toujours, Vanilla ne ratait pas une occasion de se mettre en valeur !

– Merci, Vanilla, mais nous n'en pouvons plus des soirées mondaines et des hôtels de LUXE ! répliqua Kiki en fixant Dylan. Nous aimerions plutôt visiter le COLLÈGE et nous y installer. Pour une fois que nous nous retrouvons dans un

ON EN A ASSEZ DES ENDROITS CHIC !

endroit plein de garçons et de filles de notre âge, nous voudrions en **PROFITER** !

Les paroles de Kiki laissèrent les élèves pantois, y compris Vanilla, qui toutefois se ressaisit et, FEIGNANT l'indifférence, déclara :

COMME VOUS PRÉFÉREZ...

– À vous de voir…

Se tournant vers Paulina, Kiki demanda alors avec un grand SOURIRE :

– Alors ? On le fait ce tour de Raxford ?

Les étudiants se mirent en mouvement, et Vanilla, tout en soupirant, se joignit au groupe : le collège n'avait pas tous les jours des hôtes de cette **IMPORTANCE**, et elle ne pouvait tout de même pas laisser le champ libre aux Téa Sisters.

PROMENADE DANS RAXFORD !

À l'image des autres étudiants, les Téa Sisters étaient **FIÈRES** d'étudier à Raxford. Cet établissement au riche passé était comme une seconde maison pour elles. Déambulant avec Kiki et Dylan dans les <u>COULOIRS</u> et les salles du collège, elles s'aperçurent que chaque endroit avait sa petite **HISTOIRE** : si certains événements ne les impliquaient pas personnellement, elles étaient les **PROTAGONISTES** de bien des anecdotes.

– C'est ici que je viens courir chaque jour ! mentionna Nicky en désignant l'allée qui faisait le tour du jardin.

– Moi aussi, j'adore le **FOOTING** !
intervint Kiki. Mais mon sport
préféré, c'est clairement le
surf !
Les yeux de son inter-
locutrice se mirent à
BRILLER.

– Moi aussi, j'aime le surf !
s'exclama Nicky.

Non loin derrière elles, Colette et Paulina
BAVARDAIENT.

– Je suis contente que Dylan et Kiki aient décidé
de rester ici au lieu de s'installer sur le **bateau**
de Vanilla. Ça nous laissera plus de temps pour
les connaître ! déclara Paulina.

– Kiki est vraiment une fille *fantastique* !
ajouta Colette.

– Mais Dylan, lui, me semble un peu… HAU-
TAIN, hasarda son amie. Tu as vu la manière

désagréable dont il se comporte : il se promène à côté de Connie sans lui adresser la parole !

BIZARRE...

Colette **OBSERVE** le jeune homme pendant quelques secondes. Il marchait **silencieusement** auprès de Connie, les mains dans les poches et l'air légèrement *gêné*.

– Tu sais, Pilla, je ne pense pas du tout qu'il soit antipathique. Mon sixième **sens** me dit qu'il y a une autre explication.

Pendant la visite de Raxford, l'acteur s'était en effet trouvé à proximité de Connie. Il avait compris, au bout de quelques instants, qu'elle ne faisait pas partie de ses admiratrices habituelles à l'affût d'*autographes* : la jeune fille ne le regardait pas avec adoration et ne semblait même pas **TROUBLÉE** par sa présence. Elle avançait tout simplement à côté de lui, comme si de rien n'était.

En fait, Connie appréciait uniquement les films d'**HORREUR** et ne connaissait

Dylan Ratinson que de nom. Quand elle l'avait vu en chair et en os, elle l'avait trouvé du genre mystérieux et assez *fascinant*, et s'était sentie encline à *sympathiser* avec lui.

Mais dès qu'elle avait tenté d'**ÉCHANGER** deux mots avec le jeune homme, il s'était montré distant. Convaincue que Dylan n'avait pas plaisir à discuter avec elle, elle avait immédiatement **ABANDONNÉ**.

Ce n'est que vers la fin de la promenade, au

crépuscule, que l'acteur, prenant son courage à deux mains, essaya de briser la glace en commençant à raconter une anecdote :

– Dans la comédie que j'ai…

Mais, avant même qu'il ait pu finir sa phrase, Connie **RÉTORQUA** :

– Je regrette, mais je n'ai pas vu tes films !

Et de s'éloigner, **AGACÉE**.

Elle était certaine que Dylan n'avait pas vraiment envie de la CONNAÎTRE, ne voyant en elle que l'une de ses milliers de fans qui PERDAIENT la tête pour lui et connaissaient toute sa filmographie par cœur.

La voyant s'éloigner, le jeune homme comprit qu'elle avait mal INTERPRÉTÉ ses propos.

– Elle a dû se dire que je ne voulais parler que de moi en me donnant de grands AIRS ! murmura-t-il, affligé.

QUE L'AVENTURE COMMENCE !

Le lendemain matin, les Téa Sisters avaient **rendez-vous** avec Kiki et Dylan, qu'elles devaient accompagner sur le plateau aménagé dans le collège, afin de pouvoir assister aux répétitions préalables au premier **CLAP**.

Chacune des jeunes filles s'était préparée, de la manière qui lui convenait le mieux, pour profiter pleinement de cette grande **AVENTURE**. Colette s'était fait une mise en plis pour se détendre ; Nicky avait opté pour un footing tonifiant,

ÇA DÉTEND !

Pam s'était accordé un DOUBLE petit déjeuner, et Paulina avait effectué une longue promenade relaxante.

La seule restée à **PARESSER** au lit était…

– Violet ! appela Nicky en entrant dans la CHAMBRE de son amie et en découvrant celle-ci encore sous les *couvertures*.

– Me voilà ! Ça y est ! Je suis prête ! Allons-y ! bredouilla Violet en se levant d'un BOND.

À la vue de son amie en pyjama et qui se **FROTTAIT** les yeux pour essayer de se réveiller, Nicky ne put retenir un éclat de RIRE.

– Tu veux vraiment **SORTIR** comme ça ? lui demanda-t-elle.

– Euh… je vais peut-être m'**habiller** avant ! se reprit Violet en souriant.

Les quatre autres Téa Sisters l'attendirent, en compagnie de Kiki et Dylan, devant la chambre de Colette et de Paméla.

– Aujourd'hui est prévue la préparation de la scène avec le **cascadeur** ! annonça Kiki.

SUIVEZ-NOUS SUR LE PLATEAU !

– Waouh ! s'extasia Nicky. Ce sera **formidable** de l'observer en plein travail !

Paulina, Paméla et Colette échangèrent un regard perplexe : Nicky semblait très **impressionnée**, tandis qu'elles-mêmes ne savaient pas exactement en quoi consistait le rôle d'un cascadeur !

Dylan leur expliqua patiemment :

– Le cascadeur est un artiste *acrobate*, doué de grandes capacités athlétiques. Il «double» l'interprète dans des scènes *compliquées* nécessitant une agilité particulière.

Les quatre amies, rejointes par Violet, acquiescèrent : quel plaisir de voir **ENFIN** Dylan s'ouvrir et se révéler !

– DÉPÊCHONS-NOUS ! s'exclama Nicky. Je ne veux pas rater les répétitions !

À ce moment s'OUVRIT une porte au fond du couloir, d'où surgirent les Vanilla Girls. Les filles ne s'aperçurent pas de la présence de Dylan, de Kiki et des Téa Sisters et s'éloignèrent sans les **SALUER**.

– Euh, excusez-moi, je ne peux plus me rendre sur le plateau avec vous ! déclara soudain le jeune acteur.

– Comment ça, tu «ne peux plus»? l'interrogea soupçonneusement Kiki. Qu'est-ce qui t'a fait changer d'avis ?

Les Téa Sisters étaient STUPÉFAITES : il y a quelques secondes encore, Dylan était enthousiaste, et, tout à coup, sans RAISON apparente, il était devenu ombrageux et fébrile.

Le jeune homme tenta de se justifier :

– Je viens juste de me souvenir que j'avais un rendez-vous !

Le regardant s'en *aller*, Paméla s'étonna :

– Qu'est-ce qui lui a pris ?

– On le reverra plus tard, conclut Kiki.

Puis, retrouvant son habituel sourire, elle ajouta :

– Alors, on y va ?

UNE GRANDE FAMILLE

Quelques jours avant l'arrivée de Kiki et de Dylan, les ACCESSOIRISTES et les MACHINISTES avaient travaillé sans interruption afin que tout soit prêt pour le début du tournage.

Même si elles avaient vu le plateau se monter, au fil des jours, sous leurs YEUX, les Téa Sisters furent SIDÉRÉES en le découvrant ce matin-là. Au pied de la Tour Nord régnait une

PLUS À DROITE...

grande AGITATION, mais, en même temps, tout semblait organisé à la perfection. Le metteur en scène et le directeur de la photographie sillonnaient le jardin à la recherche des MEILLEURS cadrages, le décorateur finissait de peaufiner les décors, enfin, les costumières et les maquilleuses apportaient la dernière touche au look des acteurs.

Tandis que les Téa Sisters regardaient tout autour d'elles avec émerveillement, Kiki ne cessait de saluer les gens de l'équipe.

– On dirait que tu as beaucoup d'AMIS ici ! commenta Colette.

– C'est vrai ! répondit joyeusement Kiki en allant s'asseoir sur un BANC. Je suis très liée à tous ceux qui participent au film : nous passons tant de temps ensemble que nous sommes devenus une grande famille !

Et cette grande **famille** était disposée à accueillir à bras ouverts jusqu'aux nouveaux venus. Très RAPIDEMENT, les Téa Sisters parvinrent en effet à approcher les activités qui les intéressaient le plus. Colette fit la connaissance de Jeannette, la *costumière*, et toutes deux s'entendirent dès le premier regard. Il suffit que Colette, s'armant de **courage** et dominant la peur de dire

LA COULEUR DE LA ROBE MET LE VISAGE EN VALEUR !

BRAVO, C'EST BIEN ÇA !

une bêtise, exprime un avis sur la robe que Jeannette terminait pour qu'elles se découvrent en parfait accord.

En très peu de **TEMPS**, Pam réussit, de son côté, à gagner la confiance de Phil, le chef décorateur, dont elle devint presque l'assistante. Quant à Paulina, elle apprit, en observant les techniciens des EFFETS SPÉCIAUX, que les ingrédients fondamentaux pour réaliser un film à couper le souffle sont un ordinateur et une bonne dose de FANTAISIE.

SACRÉS BRUITS !

Violet, enfin, rencontra Peter et découvrit un métier qu'elle ne connaissait pas : celui de BRUITEUR. C'est Peter en effet qui s'occupait d'ajouter ou d'éliminer des sons des scènes tournées.

En attendant que commencent les répétitions avec le cascadeur, Nicky était restée avec Kiki pour l'aider à revoir certaines de ses répliques.

– *Tu es vraiment épatante!* commenta la jeune étudiante, émue par le texte que venait d'interpréter Kiki. Comme j'aimerais avoir ton *talent*!

– Le talent compte bien sûr, mais pour parvenir à une bonne maîtrise de ce qu'on fait, il faut surtout s'**INVESTIR** et beaucoup s'**EXERCER**! répondit l'actrice.

Radieuse, Nicky acquiesça en pensant qu'elle avait désormais une nouvelle et bien précieuse amie.

UNE PROVIDENTIELLE INTERVENTION D'URGENCE !

Juste avant que commencent les répétitions, les Téa Sisters se réunirent  AUTOUR de Kiki. Celle-ci voulait en effet leur résumer le roman dont s'inspirait le film, afin que les jeunes filles perçoivent toute l'intensité de la scène qu'elle s'apprêtait à jouer.

– *Lumière d'argent* est le dernier volume d'une saga racontant l'histoire d'**AMOUR** de Victor et de Summer, deux ado-lescents qui ont grandi dans un **petit** village de province et sont en apparence très différents, commença-t-elle. Summer a une personnalité SOLAIRE, tandis que Victor est ténébreux. La scène où intervient la doublure de Dylan est celle au cours de laquelle le jeune homme, essayant de sauver sa belle, se jette du haut d'une tour et s'ENVOLE, réalisant ainsi qu'il possède des pouvoirs MAGIQUES.

L'animation qui avait gagné Kiki rendait ses explications encore plus passionnantes, si bien que les Téa Sisters l'écoutèrent dans le plus grand SILENCE.

QUELLE HISTOIRE ROMANTIQUE !

– Comme tout ça est romantique ! soupira finalement Colette, les yeux BRILLANTS d'émotion. La voix du metteur en scène, amplifiée par un PORTE-VOIX, résonna soudain dans tout le jardin :

– Tout est prêt ! Nous allons tenter la scène de l'envol !

Les cinq amies coururent gagner le centre du plateau de manière à profiter, au plus près, du **SPECTACLE**. Mais en chemin…

– Qu'est-ce que c'est ? demanda Violet en désignant des **TACHES** d'huile sur l'herbe au pied de la Tour Nord.

Paulina, qui se tenait à côté de Violet, regarda **ATTENTIVEMENT** autour d'elle pour trouver l'origine de la fuite.

– Ça vient de la tyrolienne par laquelle passent les **CÂBLES** auxquels le cascadeur sera suspendu ! s'exclama-t-elle, horrifiée.

QU'EST-CE QUE C'EST ?

Elle doit s'être USÉE ! Si elle cède... il va tomber !

REJOIGNANT en toute hâte les autres Téa Sisters, Violet et Paulina leur expliquèrent ce qui se passait.

– Il faut immédiatement prévenir le cascadeur ! cria nerveusement Colette.

– Il est en train de monter : on ne le rattrapera jamais à TEMPS ! objecta Pam.

Les Téa Sisters scrutèrent les alentours : il était trop tard pour aller chercher de l'aide ; il ne leur restait plus qu'à unir leurs forces pour trouver une solution.

– Je sais ! Vous voyez les sacs de FEUILLES mortes là-bas ? dit Colette en pointant un gros tas proche de l'endroit où devait atterrir la doublure de Dylan. Nous pourrions...

– ... les déplacer pour amortir sa CHUTE ! la devança Pam.

COURAGE, DÉPLAÇONS-EN ENCORE UN!

POUF... PFFF... QUEL EFFORT!

– Exactement! conclut Colette.

S'attelant aussitôt à la tâche, Pam et Nicky parvinrent à tirer les lourdes **MASSES**, alors que leurs trois camarades cherchaient à avertir le réalisateur du *DANGER* couru par le cascadeur. Mais, avant qu'elles y parviennent, celui-ci s'élança dans le vide. Effrayée, Colette ferma les yeux, tandis que ses amies continuaient de **REGARDER** en retenant leur souffle.

– La **TYROLIENNE** est en train de céder ! hurla le metteur en scène, alarmé.

C'est alors que, sous les yeux épouvantés de toute l'équipe, le cascadeur plongea... et s'enfonça providentiellement dans les sacs de feuilles !

– Gagné ! se réjouit Paulina.

Ouvrant un œil puis l'autre, Colette claironna :

– *Excellent travail, les filles !*

AÏE ! OUÏE ! QUE S'EST-IL PASSÉ ?!

UNE JOURNÉE DE CAUCHEMAR!

Accouru sur le lieu de l'accident, le metteur en scène s'exclama :

– Mesdemoiselles, je ne sais pas ce qui s'est passé, mais, grâce à vous, personne n'a été blessé ! Pour vous remercier, je vous accorde l'accès LIBRE à l'ensemble du plateau pendant le tournage !

Les cinq amies n'en crurent pas leurs oreilles : quelle magnifique opportunité !

Tandis que la journée de Kiki et des Téa Sisters se révélait riche en *émotions*, celle de Dylan, en compagnie des Vanilla Girls, tournait au supplice. Le jeune homme n'avait rejoint le groupe que pour parler avec Connie, or Vanilla n'avait pas l'intention de lui laisser le moindre instant de **RÉPIT** !

– J'ai toujours aimé l'art dramatique, commença-t-elle à raconter, d'ailleurs tout le monde s'est aperçu de mon don naturel quand… **BLA BLABI** et j'ai même décroché un rôle lorsque…

BLA BLA BLA…

Vanilla voulait épater Dylan afin qu'il l'aide à entrer dans le monde du **CINÉMA**. Mais pour arriver à ses fins, elle devait se montrer sous son meilleur jour !

Une fois parvenus sur le plateau, les choses **empirèrent** quand Vanilla proposa au jeune homme :

– Je viens d'avoir une idée ! Nous pourrions essayer d'interpréter **ENSEMBLE** quelques scènes de mes films **PRÉFÉRÉS** !

Tout en égrenant une liste

de TITRES, elle s'imaginait ce qu'elle ressentirait à tourner ces FICTIONS avec lui.

– Écoute, Vanilla, l'interrompit Dylan, j'ai des choses à faire… Je ne pense pas…

Mais avant qu'il ait pu achever sa phrase, la jeune fille éclata en SANGLOTS.

– Enfin, je ne voulais pas… bafouilla-t-il, **INDIGNÉ**, en fixant Connie et les autres Vanilla Girls.

Mais dès qu'il s'approcha de Vanilla pour la **consoler**, celle-ci éclata de rire et déclara :

– J'ai été bonne, pas vrai ?

Dylan était estomaqué : Vanilla avait joué la comédie !

Juste à ce moment, les Téa Sisters approchèrent, et le jeune homme profita de la **DISTRACTION** de Vanilla pour tenter d'engager la conversation avec Connie. Mais tout ce qu'il trouva à lui dire ne fit qu'**AGGRAVER** la situation, le faisant apparaître comme arrogant et **VANITEUX** aux yeux de la jeune fille !

Colette surprit les regards échangés par Connie et Dylan et ne put s'empêcher de penser, encore une fois, que les manières apparemment **DÉPLAI- SANTES** de Dylan cachaient autre chose…

Prêts...
Clap... Action!

Durant la nuit, un **VENT** glacé balaya l'île des Baleines. Jusque très tard, tous les étudiants regardèrent par la fenêtre en espérant que la *PLUIE* ne vienne pas. Le plateau monté au pied de la Tour Nord avait été arrangé de manière à ne pas en **SOUFFRIR**, le cas échéant, mais si le lendemain il pleuvait, le tournage serait ajourné.

Cependant, le matin suivant, les **NUAGES** avaient disparu, et même si une brise fraîche continuait de souffler, le soleil brillait haut dans le ciel : les *projecteurs* pouvaient s'allumer sur Raxford !

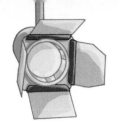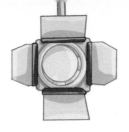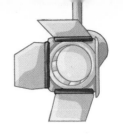

Les élèves se répandirent dans le jardin en attendant que le TOURNAGE commence.

– Tu es nerveuse ? demanda Violet à Kiki.

– Oui, bien sûr, répondit la jeune actrice. Mes jambes ne FLAGEOLENT plus comme la première fois que je me suis trouvée devant une caméra, mais l'**émotion** est toujours forte.

L'instant d'après, un assistant du metteur en scène s'approcha de la comédienne et lui remit quelques feuillets en précisant :

– Voici le texte de ce que nous allons filmer maintenant, si tu veux le revoir !

Kiki avait déjà parfaitement mémorisé la scène qu'elle devrait *INTERPRÉTER*, mais elle jeta tout de même un coup d'**œil** au scénario et le montra aux Téa Sisters.

Paméla commenta :

VICTOR

J'ai pris ma décision : je dois partir !

EMY

Où penses-tu aller ?

VICTOR

Je ne sais pas encore, mais je ne peux pas rester dans cette ville : bientôt, tous connaîtront mon secret.

SUMMER

Si tu pars... je viens avec toi.

EMY

Enfin, Summer, tu ne peux pas !

SUMMER

Je ne pourrai jamais rester ici sans Victor. Je n'ai pas le choix : je dois le suivre.

– C'est la scène dans laquelle Emy, l'amie de Victor, découvre qu'il veut s'enfuir…

– Et Summer décide de le suivre parce qu'elle est *amoureuse* de lui, termina Colette avec un regard rêveur.

_A - A - A - TCHOUUUM !

Un éternuement sonore annonça l'arrivée de Mary, l'ACTRICE qui jouait le rôle d'Emy.

J'AI ATTRAPÉ VROID...

– *En vorbe*, les filles ? s'enquit-elle d'une voix NASILLARDE.

– Ça va, Mary ? s'INQUIÉTA Kiki.

La jeune fille se moucha et répondit :

– *Bas* le *boindre* problème ! Je *be* suis juste *revroidie* en restant dans le **VENT**, hier. Mais je viens de boire *ude tisade*, et je serai *biendôt* REBISE !

Quelques minutes plus tard, Craig, qui aidait le réalisateur à **RASSEMBLER** les acteurs pour le clap de début du tournage, vint prévenir Kiki et Mary qu'ils allaient commencer.

Les deux **comédiennes** gagnèrent le décor, tandis que les Téa Sisters rejoignaient les Vanilla Girls et les autres étudiants au fond du **jardin**. Parmi le public se trouvaient madame Ratinsky et le professeur Show, **impatients** eux aussi de voir les acteurs à l'œuvre.

Tout à coup, l'assistant du réalisateur prononça :

– **CLAP !**

– Action ! fit écho son patron.

Concentré, Dylan récita sa première réplique :

– J'ai pris ma décision : je dois partir !

Les étudiants furent *ébahis* : il n'avait fallu à Dylan que quelques secondes pour se glisser dans la peau du **PERSONNAGE**.

Malheureusement, quand vint le tour de Mary…

– Où *benses-du*… **ATCHOUM!**

La jeune fille ne réussit même pas à finir sa phrase : elle avait attrapé un gros rhume.

Enfin pas seulement : au bout de quelques minutes, sa **PEAU** se couvrit de petites taches rouges.

– Mary a la ROUGEOLE! s'exclama quelqu'un. Elle ne peut pas jouer dans cet état!

–On ne pourra pas continuer dans ces conditions! rugit le metteur en scène. C'est une catastrophe!

Toute l'ÉQUIPE l'entoura pour tenter de le calmer. Dylan, lui, retira sa **veste** et la posa sur les épaules de Mary.

C'EST TRAGIQUE!

– Comme ça, tu te sentiras **MIEUX** ! lui dit-il.
Je vais t'accompagner jusqu'à ta chambre et
j'appellerai un **MÉDECIN**. Il faut tâcher de
te reposer !
Sa *gentillesse* et sa prévenance surprirent
les Téa Sisters et les Vanilla Girls.
– Il a l'air si désagréable d'habitude, alors que
là… observa Connie.
Pendant ce temps, Kiki, qui essayait de convaincre
le réalisateur de retarder le tournage de la scène
le temps que Mary guérisse, eut une **IDÉE**.
– Tu pourrais peut-être confier le rôle d'Emy à
une fille du collège ! suggéra-t-elle, **RÉJOUIE**.
Sceptique, son interlocuteur secoua la
tête.
– Je ne sais pas…
– Mary pourrait mettre plus d'une semaine à se
RÉTABLIR… l'interrompit-elle.
Alors le metteur en scène capitula :

– D'accord ! Demain, on commence les auditions !

LES APPARENCES SONT TROMPEUSES

Quelques heures plus tard, quand le tournage s'arrêta, les Téa Sisters se rapprochèrent de Kiki pour la FÉLICITER. Après les complications initiales, Dylan et elle avaient tourné des SCÈNES dans lesquelles Mary n'était pas présente et avaient laissé toute l'assistance bouche bée. Les deux acteurs étaient à l'évidence pleins de TALENT, mais c'étaient leur complicité et leur accord qui rendaient leur interprétation PARFAITE.

– Dylan et toi avez été supers ! s'exclama Nicky.

– Pendant que je vous regardais JOUER, j'en ai presque oublié où je me trouvais : j'avais l'impression d'être là-bas avec Victor et Summer ! ajouta Colette.

– J'ai de la CHANCE ! répondit Kiki, légèrement gênée de toutes ces louanges. Travailler avec Dylan FACILITE les choses : non seulement il est très bon, mais en plus c'est un garçon fantastique !

Colette, qui n'avait jamais vraiment cru à sa FROIDEUR, observa néanmoins :

– Aujourd'hui, Dylan s'est montré très prévenant avec Mary, mais sinon, depuis qu'il est arrivé, il est REVÊCHE avec tout le monde…

Plutôt que de protester, Kiki lui raconta une histoire remontant à trois ans plus tôt :

– Quand je l'ai connu, j'ai pensé exactement la même chose que vous : il me semblait INSUP-

PORTABLE! J'étais certaine que faire équipe avec lui serait une TORTURE!

– Et alors qu'a-t-il fait? interrogea Nicky.

– Lui, rien! répliqua Kiki en souriant. C'est moi qui ai compris que certaines personnes ont besoin de plus de **TEMPS** pour révéler leur vraie nature. Dylan est très *timide* et réservé, ce qui le fait parfois apparaître comme distant, or c'est l'un des garçons les plus altruistes que je connaisse!

– Nous n'aurions pas dû le juger uniquement sur les apparences! soupira Pam, DÉSOLÉE.

Tandis que Kiki et les Téa Sisters discutaient, le soleil couchant s'apprêtait à disparaître derrière l'horizon. La journée avait été très INTENSE pour chacune et Colette eut une idée pour la conclure agréablement.

– Que diriez-vous d'aller boire une tisane relaxante dans ma chambre?

– Excellente suggestion ! commenta Nicky, ENTHOUSIASTE.

– Nous pourrions aussi faire un peu de manucure ! ajouta Colette. J'en profiterais pour vous montrer mon nouveau coffret avec **153** nuances de vernis **ROSES** !

– Sacrée Coco, toujours fidèle à toi-même ! plaisanta Pam en la prenant par le bras et en riant.

VOUS PRÉFÉREZ LE ROSE DRAGÉE OU LE ROSE POUDRÉ ?

CHERCHE ACTRICE !

Chaque **MATIN**, une grande AGITATION régnait dans le couloir desservant les chambres des étudiants. Dès que les jeunes pensionnaires étaient prêts, ils s'y répandaient pour BAVAR-DER et entamer gaiement leur journée. Ce jour-là pourtant, le collège semblait PLONGÉ dans le plus profond silence.

– Est-ce possible qu'ils soient encore tous endormis ? demanda Paulina, qui se rendait à l'amphithéâtre en compagnie des autres Téa Sisters.

– Les auditions ne commencent que dans une heure : peut-être n'ont-ils pas fini de se préparer ! hasarda Violet.

Elles comprirent ce qui se passait en **DÉBOU-CHANT** dans le vestibule proche de la grande salle : **LEVÉS** plus tôt, les élèves s'étaient précipités sur le lieu du rendez-vous, les uns pour participer aux essais, les autres pour assister à la **sélection**.

– Voilà où ils avaient tous disparu ! s'exclama Pam.

QUELLE FATIGUE !

– Hé, mais ce n'est pas le majordome de Vanilla, celui-là ?! s'étonna Nicky en désignant un homme **GRAND** et AUSTÈRE. Que fait-il ici ?

– En effet, je ne pense pas qu'il soit personnellement intéressé par le rôle d'Emy ! ironisa Pam.

– Alan fait la **queue** à ma place ! expliqua Vanilla, qui venait d'arriver. Je n'avais aucunement l'intention d'attendre mon tour pendant des

heures, pas plus que de me réveiller à l'aube. J'ai donc prié Alan de veiller toute la **NUIT** pour que je sois la première !

Depuis le fond du couloir, le professeur Show et le metteur en scène rejoignirent l'entrée de l'amphithéâtre. S'adressant aux étudiants, l'enseignant annonça :

– Si vous y êtes, nous allons commencer !

UNE INTERPRÉTATION DÉCALÉE

Les Téa Sisters s'installèrent dans le public, juste derrière le jury chargé d'évaluer les aspirantes COMÉDIENNES, qui se composait du metteur en scène et du professeur Show. Les cinq amies, qui avaient décidé de ne pas prendre part aux AUDITIONS, souhaitaient tout de même les suivre.

La première à monter sur la scène fut Vanilla, accompagnée de Dylan, qui s'était proposé d'AIDER les candidates en leur donnant la RÉPLIQUE.

– Parfait ! Allez-y ! s'exclama l'enseignant d'art dramatique.

Après que Dylan eut prononcé une première phrase, Vanilla se lança.

Elle était visiblement très tendue : sa voix TREMBLAIT et, pour dissimuler son trac, elle surjouait son texte, si bien que son personnage semblait inquiet et nerveux.

– Vanilla est trop stressée, elle ne donne pas le meilleur d'elle-même ! murmura Colette.

Juste à cet instant, pour redoubler l'effet de sa

dernière tirade, la jeune fille serra *vigoureu-sement* son partenaire dans ses bras.

– Je dirais même qu'elle donne le pire ! commenta Paméla, STUPÉFAITE.

Lorsque son essai fut terminé, Vanilla descendit du plateau et se **DIRIGEA** vers la porte. Même si elle cachait sa déception derrière un sourire éclatant, à l'évidence elle n'était pas contente de sa prestation.

J'AURAIS PU FAIRE MIEUX...

Une fois sortie de l'amphithéâtre, elle se dit qu'elle pourrait peut-être demander à repasser : l'ÉMOTION lui avait en effet joué un mauvais tour et elle n'avait pas réussi à montrer ce dont elle était capable.

Lorsqu'elle rouvrit la porte pour entrer, elle s'aperçut que Dylan parlait d'elle, et, veillant

à ne pas faire de **BRUIT**, elle resta là pour l'écouter.

– D'après moi, Vanilla n'est pas celle que nous cherchons. J'ai passé beaucoup de temps en sa compagnie : elle est VANITEUSE et VAN-TARDE !

À ces mots, Vanilla laissa échapper un grommellement outré :

– VANITEUSE, MOI ?

Puis elle fila avant d'être découverte.

– Vanilla n'a pas fait une bonne audition, mais je pense que c'est surtout à cause de sa PEUR ! répondit le professeur Show.

Les Téa Sisters étaient du même avis : Vanilla était bien plus douée que ce qu'elle avait donné à voir !

QUELLE DÉCEPTION !

Au sortir de l'amphithéâtre, Vanilla s'empressa de **RETROUVER** Connie, Zoé et Alicia. Elle voulait s'épancher auprès de ses amies en racontant l'**INJUSTICE** dont elle pensait avoir été victime.

– C'est uniquement à cause de Dylan que je n'ai pas eu le rôle : il a dit au metteur en scène de ne **PAS** me prendre !

Les Vanilla Girls en furent abasourdies, surtout Connie, qui, après l'incident de la veille avec Mary, s'était dit qu'elle l'avait jugé trop **sévèrement**.

– Mais tu as bien joué ? demanda Connie, perplexe.

– Quelle question ! Évidemment ! intervint Zoé.

C'EST LA MEILLEURE !

Tandis que Vanilla continuait à déplorer l'attitude de Dylan, les auditions se poursuivaient. Quand vint le tour de Connie, la jeune fille pénétra dans l'amphithéâtre, l'air rageur.

– Qu'est-ce qu'elle a ? s'étonna Paméla.

– Elle semble très agitée ! renchérit Nicky.

Connie monta sur la SCÈNE, mais sans la moindre intention d'interpréter Emy. Et, dès que Dylan eut récité sa première réplique, elle s'écria :

– Tu n'es qu'un FRIMEUR plein d'arrogance !

Les Téa Sisters se regardèrent : la réaction de Connie était DISPROPORTIONNÉE : Dylan ne méritait pas d'être traité de cette manière !

– Pourquoi est-elle aussi irritée ? s'enquit Kiki auprès des cinq amies.

Colette observa attentivement Connie. Au-delà de son expression **FURIBONDE**, ses yeux étaient voilés de tristesse.

– D'après moi, elle est surtout DÉÇUE... commenta Colette. Je pense qu'elle prend le cas de Dylan très à COEUR...

Après avoir dit au jeune homme ce qu'elle pensait de lui, Connie s'esquiva, le laissant ATTERRÉ !

Malgré ses tentatives, le comédien n'avait pas réussi à placer un MOT durant tout l'épisode.

– Je n'ai plus envie de continuer ! déclara-t-il au metteur en scène en se DIRIGEANT vers la porte.

REVIENS ICI !!!

Le réalisateur bondit sur ses pieds.

– Comment ça ? Reviens immédiatement ! Ici sur-le-champ ! J'ai besoin de TOIIIII !... hurla-t-il sans que Dylan l'écoute.

– Les filles, vous **pensez** à la même chose que moi ? intervint Nicky.

Colette sourit et explicita la suggestion de son amie :

– Il faut trouver une solution à cette situation !

ARRÊTEZ DE HURLER !

UN NOUVEL AMI !

Les auditions s'enchaînèrent ensuite à un rythme soutenu : les étudiantes désireuses de décrocher le rôle et de jouer aux côtés de Dylan et de Kiki étaient en effet **légion**. Dès que le metteur en scène proposa de faire une **Pause**, les Téa Sisters sortirent en toute hâte de l'amphithéâtre.

– Je crois que Connie a commis la même **ERREUR** que nous : elle a jugé Dylan uniquement sur les apparences ! avança Nicky.

Paulina **PROPOSA** alors :

– Nous pourrions tenter de convaincre Dylan de parler à Connie.

Les cinq Téa Sisters se lancèrent aussitôt à la **RECHERCHE** de l'acteur et ne mirent pas longtemps à le *TROUVER* : assis dans le jardin, il relisait le 🄣🄔🅇🅃🄔 des scènes qu'il devait tourner le lendemain.

Il était si **ABSORBÉ** par ses pensées qu'il ne s'aperçut pas de leur présence.

– Coucou ! fit Pam pour attirer son **ATTENTION**.

– Salut ! répondit Dylan en esquissant un pâle sourire.

Remarquant l'**AMERTUME** qui assombrissait le regard du jeune comédien, Colette alla droit au but :

– Tu dois parler à Connie !

– Écoute... je... bredouilla-t-il.

Violet prit alors la situation en main.

– Je sais ce que tu éprouves : ça m'est arrivé à moi aussi ! déclara-t-elle en s'installant à côté de lui. La *timidité* est souvent mal

CONNIE EST FURIEUSE CONTRE MOI !

interprétée, mais il suffit d'un peu de **COURAGE** et de montrer la personne qu'on est réellement pour que tout s'arrange.

– Peut-être, mais je ne pense pas que Connie

veuille encore m'adresser la parole, répliqua
Dylan en HAUSSANT les épaules.

– Eh bien, moi je suis
sûre que si ! intervint
Paulina sur un ton
encourageant.
Et Nicky d'ajouter :
– Elle sera
HÉU-
RÉUSÉ
de décou-
vrir qu'elle
t'a mal jugé !
Dylan n'était
pas CERTAIN
que Connie
lui donne
une seconde
chance,

mais les Téa Sisters étaient parvenues à lui insuffler l'**envie** d'essayer de lui parler. Il devait s'efforcer d'ouvrir son **cœur** à la jeune fille, exactement comme Violet venait de le faire avec lui.

– *Merci du conseil !* finit-il par dire.

Paméla tendit la main au jeune homme.

– C'est bien à ça que servent les amis !

Et d'ajouter en l'aidant à se relever :

– Les **auditions** vont reprendre : on a besoin de toi !

UNE SECONDE CHANCE

Les auditions se poursuivirent tout le reste de la matinée et, avec l'**AIDE** de Dylan, toutes les étudiantes se montrèrent sous leur meilleur jour. Grâce à quelques **MOTS** ou à un simple sourire, le comédien parvint à mettre à l'aise chaque **candidate** comédienne. Après avoir assisté aux ultimes essais, les Téa Sisters décidèrent d'aller parler au metteur en scène pour le

VIENS AVEC MOI !

SÛR !

persuader d'accorder une seconde chance à Vanilla.

– Elle a bien plus de tALeNt que ce que nous avons vu ! plaida Colette.

– Elle a perdu ses MOYENS, mais si elle pouvait effectuer un second essai, elle nous montrerait ce qu'elle sait faire ! acheva Nicky.

Les Téa Sisters étaient si ASSURÉES des capacités de Vanilla que le réalisateur finit par céder et s'ABANDONNA à l'enthousiasme des filles.

– OK, qu'elle revienne ! dit-il.

Les Téa Sisters COURURENT prévenir Vanilla, et, quelques minutes plus tard, la jeune fille était prête à remonter

ON A RÉUSSI !

sur le plateau, sans bien croire à ce qui lui arrivait.

– *Merci...* murmura-t-elle aux Téa Sisters.

Les cinq amies lui sourirent pour lui donner **CONFIANCE**.

JOUE COMME SI TU PARLAIS À UNE AMIE...

Avant que Vanilla commence, Dylan tint à lui donner quelques conseils :

– Pour ne pas être NERVEUSE, tâche de ne pas penser que tu es sur scène, entourée de personnes qui te REGARDENT. Oublie tout, respire à fond et ATTAQUE ! lui dit-il.

Dylan était si occupé à parler avec Vanilla qu'il ne s'aperçut pas de l'arrivée de Connie. La jeune **fille** écouta silencieusement les précieuses recommandations de Dylan à son amie et comprit qu'elle avait commis une **énorme** erreur de jugement. Mais comment se rattraper désormais ? Après son ESCLANDRE, il ne lui pardonnerait jamais !

– Vous êtes prêts ? demanda le metteur en scène.

Vanilla gagna la scène et regarda autour d'elle avec frayeur : c'était sa dernière chance, elle ne pouvait pas se permettre de la RATER.

Elle songea à ce que lui avait dit Dylan et, quand

ce fut à elle, le monde qui l'entourait sembla DISPARAÎTRE. Sa prestation fut exceptionnelle et le metteur en scène n'eut aucune hésitation : LE RÔLE ÉTAIT POUR ELLE !

COMME LE MIEL
ET LE CITRON

Une fois la nouvelle actrice sélec-
tionnée, les Téa Sisters se retrouvèrent
dans la chambre de Colette et de Paméla.
Elles voulaient trouver ensemble un moyen
de *raccommoder* Dylan et Connie. Elles
étaient convaincues que, si tous deux avaient
l'OCCASION de se parler et si Dylan se montrait
tel qu'il était vraiment, tout serait **RÉSOLU**.
Se laissant tomber sur le lit avec un grand soupir,
Pam déclara :
– Il suffirait de les faire se *rencontrer*...
– Mais bien sûr, la coupa Colette, comme le miel
et le citron !

Ses quatre amies la regardèrent d'un air INTERROGATEUR et demandèrent, par la voix de Paulina :

– Qu'est-ce que le MIEL et le CITRON viennent faire là-dedans ?

Se levant du fauteuil dans lequel elle était assise, Colette commença à expliquer :

– Le miel et le citron sont deux éléments qui ne semblent pas faits pour aller ensemble, mais mettez-les dans un bol, mélangez bien et vous obtiendrez un excellent MASQUE pour le visage.

– Colette ! Tu ne comptes tout de même pas te lancer dans des traitements de **BEAUTÉ** ? s'indigna Paulina.

– Bien sûr que non ! répondit sa camarade en souriant. Le MIEL, c'est Dylan et le CITRON, Connie, et le bol un endroit romantique où les attirer !

– Un endroit *romantique*… murmura Nicky.

– La Tour Nord ! intervint Violet. De là-haut, on voit le plus beau PANORAMA qu'il y ait à Raxford !

C'était décidé : elles devaient se débrouiller pour que Connie et Dylan se croisent dans la Tour Nord !

Les Téa Sisters élaborèrent un plan : pendant que Colette, Violet et Nicky feraient en sorte d'y entraîner Connie, Pam et Paulina, aidées de Kiki, préviendraient Dylan.

– Allez, au travail ! s'exclama Colette.

Un nouveau départ !

– Pourquoi donc devrais-je me rendre en **HAUT**↑ de la Tour Nord ? s'enquit Connie, étonnée de la suggestion de Colette, Violet et Nicky. Celles-ci échangèrent un **REGARD** embarrassé.

– Parce que… parce que quelqu'un t'y attend ! répondit Nicky.

Connie lui demanda, SOUPÇONNEUSE :

– Qui ça ?

– On ne peut rien te dire ! déclara Colette.

– Tu dois nous faire CONFIANCE ! renchérit Violet.

Face à l'insistance des trois filles, Connie capi-

tula et se **DIRIGEA** vers le lieu de ce **MYSTÉRIEUX** rendez-vous.
« Je me méfie de ces trois-là ! se dit-elle en montant les escaliers qui menaient au **sommet** de la construction. Elles m'ont peut-être fait une bla… » Elle ne termina pas sa phrase : au pied de la dernière volée de marches se trouvait un `message`, qui lui était adressé.
– « On recommence tout ? » lut-elle à voix haute.
De plus en plus intriguée, Connie **MONTA** rapidement jusqu'en haut, où elle découvrit Dylan qui l'attendait.
Sans lui laisser le

UN MESSAGE ?!

temps de parler, le jeune **homme** vint à sa rencontre et lui dit :

– Enchanté, je suis Dylan ! Et si j'ai l'air **ORGUEILLEUX**, c'est que je suis en fait très *timide* !

Le comédien voulait donner un nouveau départ à sa relation avec Connie en se **MONTRANT** à elle comme il était vraiment.

Connie comprit aussitôt et répondit en **SOU-RIANT** :

– Moi, c'est Connie, et quand je m'énerve je fais des **scènes** épouvantables !

Tous deux éclatèrent de rire, puis se mirent à bavarder et à *plaisanter*.

Pendant ce temps, les Téa Sisters et Kiki, restées sous le portique, fixaient la tour. Elles ne pouvaient ni voir ni entendre ce qui se passait là-haut, mais elles étaient certaines qu'une grande **amitié** venait de naître.

– Les filles, Dylan et moi aimerions vous inviter, avec les Vanilla Girls, à assister à la première mondiale de notre **FILM** ! annonça Kiki.

Sans un mot, les Téa Sisters s'élancèrent vers Kiki pour la serrer dans leurs bras.

– Je prends ça pour un oui ! conclut l'actrice en rendant leur étreinte à ses nouvelles complices.

RÊVE OU RÉALITÉ ?

Ainsi était arrivé le jour de la première de *Lumière d'argent*, et les **Téa Sisters** s'apprêtaient à quitter l'île des Baleines.

– Il est terriblement tard ! s'exclama Paméla en se frayant un chemin, en compagnie de ses camarades, dans la zone de **départ** de l'aéroport. Notre avion va bientôt décoller.

Les Téa Sisters et les Vanilla Girls étaient prêtes à s'**ENVOLER** ensemble pour Los Angeles.

Après avoir embarqué de justesse, les filles poussèrent un soupir de **soulagement**.

– Je dormirais volontiers une bonne douzaine d'heures pour me remettre de cette

COURSE ! soupira Paulina en s'asseyant à côté de Nicky.

– Eh bien, Violet s'y emploie déjà ! plaisanta Pam en *indiquant* leur amie, qui, à peine montée dans l'avion, avait entrepris de faire un petit SOMME.

Une fois parvenues en Californie, toutes se précipitèrent à leur hôtel pour revêtir les robes de soirée qu'elles avaient si soigneusement choi-

QUELLE ÉMOTION !

sies durant les semaines qui avaient suivi leur invitation à cette soirée. Lorsqu'elles sortirent, elles découvrirent une grande **VOITURE** qui les attendait.

– **WaoUH!** s'exclama Alicia en contemplant l'énorme automobile rutilante.

– Bonsoir, mesdemoiselles ! les salua le **CHAUF-FEUR** en leur ouvrant la portière. Montez, je vous en prie !

Les Téa Sisters avaient l'impression de vivre un **RÊVE**. Quand enfin elles serrèrent Kiki et Dylan dans leurs bras, elles comprirent que tout cela était pourtant vrai :

Leur grande amitié était bel et bien réelle !

TABLE DES MATIÈRES

Téa Stilton

DANS LA MÊME COLLECTION

Et aussi...

Hors-série
Le Prince de l'Atlantide

ÎLE
DES BALEINES

L'île des Baleines

1. Pic du Faucon

2. Observatoire astronomique

3. Mont Ébouleux

4. Installations photovoltaïques pour l'énergie solaire

5. Plaine du Bouc

6. Pointe Ventue

7. Plage des Tortues

8. Plage Plageuse

9. Collège de Raxford

10. Rivière Bernicle

11. L'Antique Cancoillotterie, restaurant et siège des Messageries Ratiques — Transports maritimes

12. Port

13. Maison des Calamars

14. Zanzibazar

15. Baie des Papillons

16. Pointe de la Moule

17. Rocher du Phare

18. Rochers du Cormoran

19. Forêt des Rossignols

20. Villa Marée, laboratoire de biologie marine

21. Forêt des Faucons

22. Grotte du Vent

23. Grotte du Phoque

24. Récif des Mouettes

25. Plage des Ânons

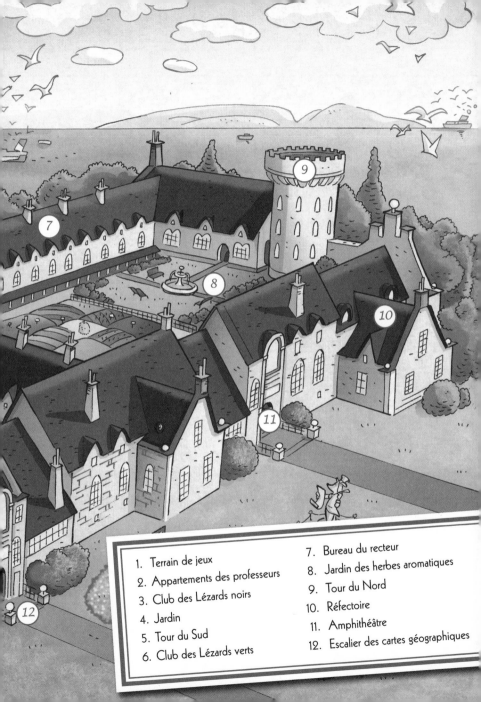

1. Terrain de jeux
2. Appartements des professeurs
3. Club des Lézards noirs
4. Jardin
5. Tour du Sud
6. Club des Lézards verts
7. Bureau du recteur
8. Jardin des herbes aromatiques
9. Tour du Nord
10. Réfectoire
11. Amphithéâtre
12. Escalier des cartes géographiques